그림 없는 동시집

볼깡

안오일

시인의 말

할머니, 할아버지와
돌돌돌 풀어낸 말들

엮고 엮어
여러 모양의 이야기가 되었어요.

서로를 들여다보는 창이 되었어요.

차 례

2부. 김치전의 봄날

3부. 잡을라믄

4부. 몸꽃

시인의 산문

1부. 고추의 시간

고추의 시간

마당에 널어놓은 풋고추가
빨갛게 되었다

껍질이 얇아졌다
안에 있는 씨까지 보인다

할머니
고추 속이 다 보여요

고추를 손질하던 할머니
빙그레 웃으며

이라고 고추처럼
사람도 익을수록 투명해야 쓴디

뽈깡*

마당 꽃밭
봉숭아 꽃씨에서 싹이 났어요

흐메, 용타 용해
요것들은 쫌만 힘을 보태도
기어코 지들 시상 터트리네

쪼그만 것들이
힘도 세요, 땅을 뚫었어요

그러게 말이다
흙 한 톨에도 뽈깡
물 한 방울에도 뽈깡, 헐헐

*뽈깡 : 온 힘을 다하여라는 뜻의 전남 방언

장맛

허리 아프다
어깨 아프다
여기저기 파스 붙이던 할머니

옆집 뒷집 앞집 먼 친척 집
한 병씩 한 그릇씩 담아준다

흐메, 맛난 그
흐메, 맛난 그
퍼주면서 입맛을 다시는 할머니

그렇게 맛난 걸 애써 만들어놓고
왜 다 줘버려요?

요라고 이짝 저짝 나눠먹는

요거이 진짜로 맛난 장맛인 겨

그람 되얐다

임종 앞둔
할머니
손을 꽉 잡아드린다

할머니 겨우 입을 떼

오늘 화분에는 물 줬냐?

네

강아지 밥은 주고?

네

너도 밥 묵어야제

네

그람 되얐다……

숨구멍

할머니, 왜 돌 사이에
구멍이 많아요?

이라고 왔다갔다
바람길이 있어야
절대로 안 무너지제

그럼 숨 쉬는 구멍이네요?

그라제
도시 담벼락처럼
꽉 막혀있음 된다냐?

나도 이런 구멍 있음 좋겠다

그려,

사람도 들고나는 숨구멍이 있어야 혀

그래야 오래 버티지

짐과 밥

댓돌 아래
개미 한 마리
쌀 한 톨 등에 지고 간다

떨어지면 다시 지고
떨어지면 다시 지고

할아버지,
저 개미가 너무 힘들어 보여요
제가 개미집 앞에 옮겨 줄까요?

놔둬라
짐이 밥이 되는 과정인께
과정 없이 얻는 건 싸라기만도 못한께

문과 마음

할머니, 저 왔어요.
근데 대문은 왜 활짝 열어놔요?
누가 들어오면 어떡하려고

들어오라고 열어논 겨
사람들 편하게 댕기고
워리도 오고 괭이도 오게

그래도 남들이 안을 들여다보잖아요
저기 널어놓은 할머니 팬티도 보이고

다 사는 모습인디 어쨌다냐
난 대문이 닫혀있음
맴이 콱 맥힌 것만치 답답혀야

향교리 참빗

대나무의 숨결로
촘촘촘촘
빗살을 다듬어요

가지런한 빗살처럼
좋은 일 궂은 일 항상 함께하는
향교리 마을 사람들

할머니,
참빗으로 머리 빗겨주면
기분이 아주 좋아져요

그라제, 이라고 엉킨 머리 빗어주믄
요 빗살 맹키로 맴도 가지런해지제

갯벌

우와 할머니,
널배*들이 만들어 놓은 길들이
무늬처럼 새겨졌어요!

헐헐
저라고 남들이 안 간 길로 가야
예쁜 무늬가 나오제

*널배 : 꼬막을 채취하기 위해 갯벌을 이동할 때 사용하는 배

단골

마당에 말려놓은 생선 하나
길양이가 와서 물고 간다

할머니
고양이가 생선 훔쳐가요!

놔둬라
우리 집 단골인디

단골은 무슨 단골이에요
돈도 안 내고 가져가는데

헐헐, 돈 대신 더 귀한 걸 주고 가는디?

????

할미 혼자 있을 때

내 입 터주는 게 저 나비여

염전

할아버지,
바닷물이 신기해요
꼭 마술처럼 소금이 됐어요

요거이 그냥 짠, 허고 된 거이 아니여
햇볕의 시간을 기다리고
바람의 시간을 기다렸다 된 거제

그럼 성격이 급하면
절대로 소금은 못 되겠네요?

헐헐, 그라제
소금꽃*이 피었다 질 때까장은 기다려야 혀
그려야 단단한 소금으로 영그니께

꽃이 져야 열매를 맺는 것하고 똑같네요

*소금꽃 : 염전에서 물기가 증발하고 남은 엉긴 소금 결정을 비유적으로 이르는 말

2부. 김치전의 봄날

마늘밭

할머니,

처음에는 마늘 한 개 심는데

나중에는 어떻게 여러 개가 달려 나와요?

고것이 고로코롬 신기허냐? 헐헐

아, 커갈수록

제 몸 나누는 법을 아는 것이겄제

신기해요, 할머니

자기 몸을 나눴는데 더 많아졌어요

풍성하게 사는 법을 스스로 터득한 거시제

대박과 한 삽

건강하시죠?
이번 농사지은 거
대박 나세요~

문자 보냈더니 답장이 왔다

고맙다,
근디 땅은 대박이 읎서야

한 삽 한 삽 더 해져서
나오는 거제

그냥 되는 건 없응께

햇살이 포근한 마당가에
널어놓은 고추가 빨갛게 익었다

할머니,
저번에 봤을 땐 초록이었는데
완전 빨개졌어요

고거이 그라고 그냥 되는 게 아니여
저짝에서 요짝까지 불어댕기는 바람도 맞고
오뉴월 땡볕도 악착같이 버텨내고 그래서 된 거제

저도 그냥 큰 게 아니네요?
참고 견디고 이렇게 큰 거네요, 헤헤

그랴 그랴 맞다

고추나 너나 고렇게 익어감서 자라제

정자와 나무

할아버지,
정자가 나무에 기댄 거예요
아님 나무가 정자에 기댄 거예요?

서로 의지하고 사는 거제
나무는 정자를 품고
정자는 나무를 품고

할아버지와 저처럼요?

허허, 이라고 살믄 비바람 쳐도
절대로 안 쓰러지제

타작

–공부 안 한다고 손주 다그치는 며느리에게

아서라,

콩이 나올만치만 살살 뚜들겨야제

그라고 세게 뚜들기믄 쪼개져 븐다

할머니,

제가 콩알이에요?

헐헐, 암만 콩알이제

여차하믄 어디로 튈지 모르는

기린과 할머니
-동물원에서

할머니,
책에서 봤는데
기린은 울지 못한대요

아이고 어쩐다냐
울고 자플 때는 실컷 쏟아내야 쓴디
저라고 목이 기니 못 올라온 갑다

눈물이 올라오다가 미끄러지나 봐요, 헤헤

나는 짧은디도
왜 못 울었으까이……

김치전의 봄날

요 두 장은 앞집
요 두 장은 뒷집
그라고 식구 많은
길 건너 슈퍼는 세 장
퍼뜩 댕겨와라이

할머니 뭐예요,
이렇게 다 줘버리면……

요라고 나눠 묵으믄 내 맴이 봄이여
바람 찬 날에도 따숩고 말여

살아난 길

절개지* 언덕배기 집
한 사람 겨우 다니는
비좁은 길 끝집
혼자 사는 할아버지 집

아슬아슬 한들한들 노란 길

와, 할아버지,
길이 살아났어요!

절개지 위 길가에
한 줄로 늘어선 유채꽃들

사람 사는 길이

죽어있음 쓰간,

이 할애비가 심었는디 좋지야?

*절개지 : 도로를 내거나 시설물을 건축하기 위하여 산을 깎아 놓아
비탈진 곳

할머니의 먹물

할머니는 낙지왕,
낙지를 제일 잘 잡는다고
붙여진 이름

으악, 먹물!
할머니 손에 잡힌 낙지가
먹물을 뿜었다

헐헐, 고거이 살라고 그러는 거 아니겄냐

낙지 니는 속이 시원하겄다
나는 평생 담고 사는디

뻘

와, 할머니
꼬막 팔고 받은 돈이에요?

어찌 알았누?

그걸 누가 몰라요
돈에 뻘이 다 묻었는데

돈 세던 할머니가 물끄러미 바라보다

뻘 묻은 돈은 뻘로 쓰믄 안 되는 겨!

해녀 할머니

할머니
가장 환한 얼굴은
바다에 있을 때다

물 만난 고기처럼
생기 돌고
반짝반짝 빛이 난다

할미는 물이 좋아
물질할 땐 아무 생각 안 나 걸랑
그냥 바다만 보여

3부. 잡을라믄

잡을라믄

갯벌로 꼬막 잡으러 갔다
빠질 것 같아
옷 다 버릴 것 같아
오도카니 있는데
먼저 들어간 할머니가 소리쳤다

빠져야 잡제!
버려야 잡제!
그라고 멀쩡하믄 암것도 못 잡는다잉

잠시 망설이다 갯벌로 들어갔다
뻘로 범벅이 된 내 손안에
꼬막이 한가득이다

거름꽃

흐메, 꽃냄시
흐메, 꽃냄시

우엑, 할머니!
이게 무슨 꽃냄새예요?
똥냄새잖아요

거름냄시가 꽃냄신 겨
우리를 살리는 냄신 겨

김못난 대나무

평생 대바구니 장사로
많은 돈 모았던 김못난 할머니

버는 것도 중헌디 쓰는 건 더 중허제

늘 하던 말대로
모은 돈 다 마을에 기부하고
훌훌 하늘로 떠난 김못난 할머니

그래서 제사는 마을에서 지냈네
함께 모여 먹고 놀고
마을 잔칫날이 됐던
할머니 제삿날

있는 거 다 내주고

텅 텅 비우고 간

할머니는 대나무가 되었을까?

멸치

멸치를 말리는 할아버지 따라
꼬물락 꼬물락 멸치들을 펼친다

이 할애비가 바다맛 보여주랴?

멸치 한 개를 내미는 할아버지

에계계, 요 조그만 멸치가 바다예요?

바다의 깊은 맛이
요 멸치 한 개에 통째로 들어 있는 겨
그런가 아닌가 자 묵어봐

중한 건 쓰임새여

삼태기에 콩을 가득 담다가
와그르르르
콩알들 다 쏟아내고 말았다

에이, 할머니,
삼태기는 아래 테두리가 없어서 안 좋네

그러자 콩알을 주워 담던 할머니
빙긋이 웃으며 말한다

쓸어 담기엔 요 삼태기만큼 좋은 건 없제
가득 차 쏟아지기 전에 나누면 되고

뭐든 어떻코롬 쓰느냐가 중하지
뭘 탓하는 건 다 지 욕심 때문이제

품다

와,
저기 콩 심은 데 싹이 올라와요!

올해는 콩 농사가 아주 잘 되겠다
잎들이 탱글탱글한 거이

흙속에는 뭐가 있길래
곡식도 자라고 채소도 잘 자라요?
흙 파보면 흙밖에 없는데…….

잠시 웃던 할아버지
꽉 끌어안아 준다

어때, 따뜻하제?
이라고 품어주는 맘이 있는 거제

꽃

꽃을 그려보는 할머니

할머니는 왜 만날
꽃 그림만 그려요?

평생 오그리고만 살아와서 그런다
활짝 핀 꽃 같은 시상살지 못허고

순간
할머니의 주름진 얼굴
활짝 펴 주고 싶다

마주보는 두 얼굴 사이로
환한 웃음꽃이 핀다

동그라미

할머니,
해는 왜 동그래요?

골고루 햇빛 나눠 줄라고
동그랗제

그럼 지구는 왜 동그래요?

음, 서로 오손도손
차별 없이 살라고 동그랗제

그럼 눈은 왜 동그래요?

음, 음……

그거는 한쪽만 보지 말고
눈알을 굴려서 지대로 보라고
동그란 것이여

할머니가 동그랗게 안아준다

뿌리

경로당에서 그려온
할머니의 그림, 꽃과 나무

활짝 핀 꽃이나
흐드러진 가지보다
더 크고 화려하게 그려진 뿌리

뿌리는 땅속에 있잖아요
굳이 안 그려도 되는데…….

아녀, 머든 뿌리가 젤로 중혀
뿌리가 없음 암것도 아닌께
식물이든 사람이든

꿈틀꿈틀 뿌리 모양이
꼭 움직이는 거 같아요, 헤헤

그람 되얐다
뿌리가 살아있은께

신발

신발 정리하던 할머니
잔소리 터졌다

꼬불쳐 신지 말라고
몇 번을 얘기허냐
니 몸을 담고 다니는 게
바로 이 신발이여

에이,
신발이 어떻게 몸을 담아요?

발이 없음 몸이 못 가고
신발이 없음 발이 못 간께
맞는 말이제

네, 네
앞으론 잘 모시고 다닐게요

신을 때마다
꾸벅꾸벅 인사하면서도
여태 몰랐냐?

밥

할머니의 첫 마디는 늘 똑같다

고모한테 전화와도
밥은 먹고 댕기냐?

지나가다 들른 이웃에게도
밥은 먹었소?

길양이가 들어와도
오메 밥은 먹었으까?

할머닌 왜 맨날
밥 먹었냐고 물어봐요?

그 말 만큼

맘 말랑하게 풀어주는 건 없는 거여

사이

친구가 놀러갔어요
나 말고 다른 애랑요

사람 사이는
그라고 틈이 없으면 안 되는 겨

요 그물을 봐라
그물 사이가
너무 벌어져도 너무 촘촘해도 안 되는 겨
빠져나갈 건 빠져나가고
잡힐 건 잡히게 적당혀야제

4부. 몸꽃

몸꽃

할머니가 내놓은
일바지 여러 벌을 본다
모두 다 꽃무늬다

에이, 할머니,
촌스럽게 어째 몽땅 꽃무늬예요?

몸꽃이 사그러지니
입는 옷에라도 꽃이 만발하면 좋제, 헐헐

자라는 힘

느그 할애비
와서 점심 드시라 해라
또 논에 갔는 갑다

할아버진 왜 만날 논에 와요
다 심고 이제 자라기만 하면 되는데

사람이든 곡식이든
수시로 들여다봐야 하는 겨
잘 자라는지 어쩐지

이렇게 봐주면
정말 잘 자라요?

곡식도 발소리에 더 여무는 겨

곶감

처마 끝에
주렁주렁 매달린 곶감
바구니에 담던 할머니

옜다 이거 하나 묵어봐라
잘긋잘긋하믄서도
아조 달콤할 거여

원래 떫었던 감 맞아요?
어떻게 이런 꿀맛이 나죠?
정말 신기해요

그냥 그라고 됐간?
우리 사는 거 맹키로
얼었다 녹았다 하며 깊어진 맛이제

저 그 말 무슨 뜻인지 알아요

고생 없이 되는 건 없단 뜻이죠?

나무 농사꾼

마을 어귀 정자에 앉아
할아버지와 수박을 먹는다

수박 한입 베어 먹던 할아버지
정자 옆 큰 느티나무 보고 말한다

참말로 성실한 농사꾼이여!

할아버지, 나무가 어떻게 농사꾼이에요?
아, 한 뼘 한 뼘 그늘 농사 짓잖여

그럼 농부들이 젤 좋아하는 농사꾼이
나무 농사꾼이겠네요?

허허, 그라제

늘 꾸준히 그늘 평수 지어주니

이라고 우덜이 쉬는 거제

초록숨

어린 모들이 심어진 논에서
소리가 난다

뽀록뽀록
물 빨아들이는 소리

샤삭샤삭
바람에 부딪는 소리

숨소리 들리쟈?

누구 숨소리요?

쌀이 되기 위해

숨탄 저 어린모가 내는 숨소리 말여

에이, 모가 무슨 숨을 쉬어요?

시상에 숨 없이 사는 건 없는 겨

기적이 만든 기적

할머니는 기적을 본 적 있어요?

그람, 겁나게 봤제
여지껏 살아온 매 순간이 기적이제
이라고 너 보고 있는 것도 기적이고

에이, 할머니,
기적이 그렇게 쉽게 볼 수 있는 건 아니잖아요

그니까 사는 거 자체가 소중한 거제

빈집

우리 오랜만에 치킨 묵을까?
다리는 니가 묵고 날개는 나가 묵고

할머니, 어제 치킨 먹었잖아요

기억이 왔다갔다
치매 초기인 할머니 아차, 하신다

할미가 점점 빈집이 되야가나 부다

에이, 제가 자주 찾아가죠 뭐
방 하나는 저 주실 거죠?

담양 죽물시장

5일장 열리는 날이면
소쿠리, 바구니, 갓, 키……
등에 지고
달구지에 싣고
캄캄한 새벽길을 나섰제

하나 팔아 쌀 얻고
하나 팔아 신발 사고
하나 팔아 국수 말아먹고
하나 팔아 막걸리 들이켜고

대바구니 장사로
평생 살아온 할아버지 이야기
얼기설기 엮어져 나오는
앨범 속 죽물시장* 흑백사진

죽제품 머리에 인
사진 속 긴 행렬의 사람들

할아버지,
바구니들이 둥둥둥 걸어가는 것 같아요
사람들처럼요

헐헐, 맞다 맞어
죽물들이 여그저그 둥둥 살러 간다
그때는 요 죽물로 우덜이 살았제

*죽물시장 : 대나무로 만든 제품이나 공예품 등을 사고파는 시장

쓰겄다

할머니, 청소 했어요
쓰겄다

할머니, 숙제 했어요
쓰겄다

할머니, 밥 먹고 치웠어요
쓰겄다

에이, 할머니,
자꾸 뭘 쓰겄다고 해요
제가 뭐 물건인가요?

자고로 물건이건 사람이건
쓸 수 있어야 하는 겨

지지 않는 꽃

다 헤져 누렇게 변한
할아버지 꽃무늬 손수건

낡았는데 버리세요
제가 새로 사드릴게요

미소 짓는 할아버지
수놓아진 꽃을 어루만진다

먼저 간 느그 할매가 만들어준 거여
지지 않고 이라고 피어 있는디
어떻게 버린다냐

할머니의 투망

고기 잡으러 갯바위로 갈까나?
여기선 바다가 대형마트여
없는 물고기가 없은께

투망 꺼내는
할머니

에계계, 더 큰 거 없어요?
거기에 얼마나 들어가겠어요?

나 혼자 많이 갖고 있음
맴이 안 편혀
먹을 만치만 가지믄 되제

먹고 남는 건
나중에 또 먹으면 되죠 뭐

쓸 만치만 원해야 부자 마음이 들제
모다들 바라는 거이 많아서 가난한 겨

비단고둥

할머니 따라 갯벌로 나갔다
바다가 온통 뻘이다
뽀록 뽀록, 숨소리도 보인다

할머니, 저기 좀 봐요
고둥이 길을 만들고 있어요

둥글었다가
길게 뻗었다가
다시 네모난 모양을 만들며
갯벌 한가운데로 걸어가는
비단고둥 한 마리

우덜이 본받아야 쓰겄다
저것도 이 모양 저 모양으로
열심히 살아볼라고 애쓰는디
맨날 죽겄다고 다들 안 그러냐

그럼 고둥이 열심히 살아서 그런가?
만든 길이 참 멋져 보여요

시인의 산문

내 유년의 골목길

나는 사람들 많은 곳이 낯설고 힘들다. 그래서 그런 곳에 좀 오래 있다 보면 멀미증이 난다. 왜 그럴까, 곰곰이 생각하다가 주로 혼자 놀았던 내 유년시절을 떠올린다.

팔남매 중 일곱째로 난 태어났다. 위로 언니가 다섯 명 있고, 오빠와 남동생이 있다. 오빠는 멀리서 학교를 다녔기 때문에 방학 때만 볼 수 있었고 남동생은 어렸다. 큰언니와 둘째 언니 그리고 셋째 언니는 나이 차가 많아 같이 놀 엄두를 못 냈고 넷째 언니와 다섯째 언니는 둘이서만 속닥이며 놀러 다녔다. 그러다보니 나는 자연히 혼자 노는 시간이 많았다.

초등학교 1학년 때였다. 내가 따라가겠다고 울며불며 매달리자 넷째 언니와 다섯째 언니는 나에게 빵 하나를 쥐여주었다. 먹으면서 기다리고 있으면 금방 데리러 온다고 했다. 나를 세워둔 곳은 우리 집과 옆집 사이에 있는 골목길이었다. 나는 빵을 다 먹기도 전에 언니들이 올까봐 얼른 빵을 먹어치웠다. 데리러 오면 바로 따라가기 위해서다. 하지만 언니들은 내가 빵을 다 먹고 한참을, 그리고 또 한참을 기다려도 오지 않았다. 언니들은 애초에 나를 데리고 놀 생각이 없었다는 걸 뒤늦게야 깨달았다. 배신감에 울다 지친 나는 담벼락에 기대어 있다가 발등으로 올라오는 개미를 보았다. 내 곁에 아무도 없을 때 유일하게 나를 향해 다가오는 개미가 서럽도록 반가웠다.

나는 그 골목길을 나만의 공간으로 만들었

다. 옥상에 올라가 기왓장 한쪽 귀퉁이를 깨서 그걸로 담벼락에 만화 그림을 그리며 놀았고 개미집을 만들어 그 안에다 과자 부스러기를 넣어주었다. 골목길 바닥에 신문지를 깔고 앉아 숙제도 하곤 했는데 엄마 따라 가게로 간 동생마저 없는 빈 집보다는 훨씬 아늑한 공간이었다. 또 떼를 부리다 안 통하면 날이 저물도록 오기 부리고 있기에도 안성맞춤인 곳이었다.

이렇게 혼자 노는 데 익숙해진 나는 커가면서도 친구를 사귀는 데 특별히 관심을 두지 않았다. 나도 모르게 혼자 생각에 잠기기 일쑤여서 사람들한테 오해를 사기도 했다. 옆 사람을 염두에 두지 않는 배려 없는 행동으로 보였을

것이다.

유년 시절 그 골목길은 나에게 있어서는 기다림의 공간이었고 놀이터였다. 하늘은 왜 파랬다가 깜깜해지는지, 땅 속에는 무엇이 있는지 요런 저런 생각에 빠져 시간을 보낼 수 있는 공간이었다. 메마르지 않는 동심을 지금껏 갖게 해준 마음의 방이다. 지금 그 골목이 그대로 있는지는 모르겠다. 하지만 사람들이 멀리 느껴지고 문득 외로워질 때면 그 골목길이 생각난다.

담벼락에는 되고 싶은 만화 주인공의 그림들이 잔뜩 그려져 있고, 골목길 한쪽에는 풀과 돌멩이로 만든 소꿉놀이기구가 있고, 개미집에서는 개미 한 마리가 하품을 하며 나온다.

그리고 신문지 위에서 책을 읽고 있던 아주 작은 꼬마 아이가 나를 향해 웃으며 손을 내민다. 나랑 놀자.

안오일 동시집

뽈깡

2023년 02월 25일 초판1쇄 발행

지은이 안오일 **펴낸이** 김성민 **기획위원** 장옥관 **편집디자인** 김경자

펴낸곳 도서출판 브로콜리숲 **출판등록** 제2020-000004호

주소 41743 대구광역시 서구 북비산로 65길 36, 2층 **전화** 010-2505-6996 **팩스** 053-581-6997

홈페이지 www.broccoliwood.com **인스타그램** broccoliwood_ **전자우편** gwangin@hanmail.net

 ISBN 979-11-89847-54-8 03810

 *책값은 뒤표지에 표시되어 있습니다.

*이 도서는 2021년도 한국문화예술위원회 아르코문학창작기금지원사업에 선정되어 발간되었습니다.